마리아의 숨바꼭질

글, 그림 ● 니콜레타 코스타 Nicoletta Costa

나는 마리아입니다.
언니 다섯 명과 함께 살지요.
오늘은 함께 숨바꼭질을 합니다.
어디에 숨을까 ?

누구에게도 들키지 않을 곳을
찾습니다.
고양이 후리츠가 살짝 말합니다.
"이 그림 안으로 숨어요."

후리츠의 꼬리를 잡고
휭하고 날았는데……
어머, 내가 그림 속에 있지 뭐예요.
"후리츠, 저것은 무슨 성일까?"
"누군가 살고 있을 거야. 가 볼까?"

성문 앞에 이르러
문을 똑똑하고 두드렸더니,
고양이가 나왔습니다.
"어서 오세요. 참 잘 오셨습니다.
마리아와 후리츠지요?
임금님이 기다리고 계십니다.
어서 들어오세요."

성에는 아주 큰 고양이 임금님이
살고 있었습니다.
"참 잘 왔어. 같이 차를 마실까?"

그래서 함께 차를
마시고, 과자를 먹었습니다.
달콤한 과자는 물고기 모양이었습니다.
후리츠도 아주 즐거워했답니다.

임금님과 후리츠는
자기들만 알아듣는
이야기를 시작했습니다.
'나는 성 안을 돌아보고 와야지.
저 문 안에는 무엇이 있을까?'

첫번째 문은
보라색이었습니다.
살짝 문을 열어 보았더니,
아아, 맛있는 냄새!
고양이 요리사가 요리를
하고 있었습니다.
"임금님이 좋아하시는
생선 수프입니다."

두 번째 문은 파란색.
책이 가득했습니다.
고양이 선생님이
신문을 읽고 있습니다.
"흠, 세상은
여전히 변함없군."

세 번째 문은 분홍색.
이번에는 무엇이 있을까?
문을 열어 보았더니
벽에 예쁜 드레스가
걸려 있을 뿐
아무도 없었습니다.

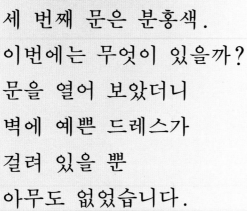

"아, 알았다. 이 곳은
공주님의 방이야.
공주님은 참 좋겠다.
나도 저렇게
예쁜 드레스를
갖고 싶었는데.
조금 만져 보아도
괜찮을까?"

고양이의 얼굴처럼 생긴
귀여운 드레스.
조금 커 보이긴 하지만
멋있지 않아요?
"내게도 어울릴까?
거울에 비추어봐야지."

의자 위에 올라가 거울을 보려고 하는데,
글쎄, 발이 미끄러져서…쨍그랑!
큰일났습니다. 향수병이 마룻바닥에
떨어져서 그만 깨지고 말았습니다.
"아아, 어쩌면 좋지.
임금님께 들키면 몹시 혼날 거야."

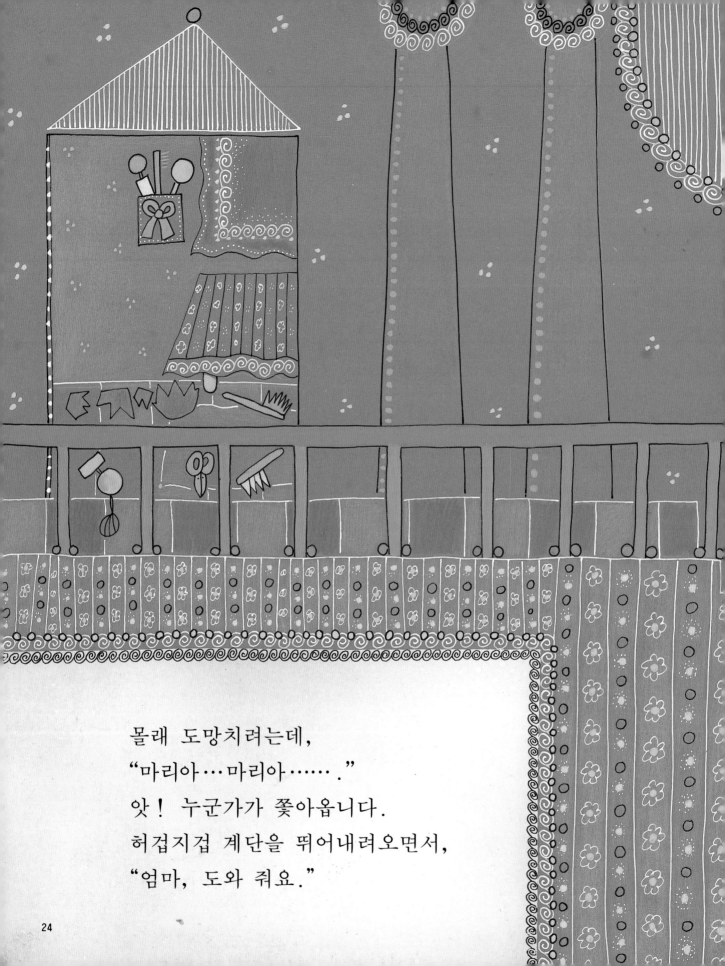

몰래 도망치려는데,
"마리아…마리아……."
앗! 누군가가 쫓아옵니다.
허겁지겁 계단을 뛰어내려오면서,
"엄마, 도와 줘요."

"마리아, 너 여기에 있었니?"
언니들의 목소리가 들려 왔습니다.
후유, 나는 그림 밖으로 떨어진 것입니다.
"한참 찾았는데, 찾을 수 없었어.
너하고 후리츠, 어디에 숨어 있었니?"
그건, 그건 말이야, 우리 둘만의 비밀이야.

WORLD PICTURE BOOK

마리아의 숨바꼭질

어린이 여러분께

저는 어렸을 적에 자주 숨바꼭질을 하며 놀았어요. 여러분도 그렇겠지요? 저는 숨으면 언제든지 곧 발견되곤 했답니다. 하지만 혼자서 숨어 있는 동안 자신만의 공상의 세계를 가질 수 있어 좋았지요.

그러한 어릴 때의 일을 떠올려가며 이 책을 썼답니다.

글, 그림●니콜레타 코스타(Nicoletta Costa)

■ 1953년 이탈리아에서 태어나다.

■ 베니스 대학을 마치다.

■ 그림 동화 작가로서 유럽과 미국에서 많은 활동을 하다.

World Picture Book ©1985 Gakken Co., Ltd. Tokyo.
Korean edition published by Jung-ang Educational Foundation Ltd. by arrangement through Shin Won Literary Agency Co. Seoul, Korea.

■ 발행인/장평순　■ 편집장/노동훈
■ 편집/박두이, 김옥경, 이향숙, 박선주, 양회숙, 김수열, 강혜숙
■ 제작/문상화, 장승철, 이상헌
■ 발행처/중앙교육연구원(주)(서울시 종로구 관철동 258번지)
　　대표전화 : 563-9090, 등록번호 : 제2-178호
■ 인쇄처/갑우문화(주) 경기도 파주시 교하면 문발리 469번지(문발공단)
■ 제본/태성제책(주)(서울특별시 구로구 가리봉동 505-13)
■ 1판 1쇄 발행일/1988년 12월 30일, 1판 24쇄 발행일/1998년 11월 30일
■ ISBN 89-21-40237-3, ISBN 89-21-00003-8(세트)